NACHO
y
LOLITA

por
PAM MUÑOZ RYAN

ilustrado por
CLAUDIA RUEDA

SCHOLASTIC INC.
NEW YORK • TORONTO • LONDON
AUCKLAND • SYDNEY • MEXICO CITY
NEW DELHI • HONG KONG • BUENOS AIRES

Una serenata de agradecimientos a mis colegas Robert San Souci y Tony Johnston por su generoso asesoramiento durante la investigación que hice para escribir este libro. Mi agradecimiento también a Armando Ramírez por descubrir al esquivo "pitacoche". Como siempre, agradezco a mis editores, Tracy Mack y Leslie Budnick, y a la directora artística, Marijka Kostiw.

—P. M. R.

Published simultaneously in English by Scholastic Press as *Nacho and Lolita*
Translated by Miriam Fabiancic

Text copyright © 2005 by Pam Muñoz Ryan
Illustrations copyright © 2005 by Claudia Rueda
Translation copyright © 2005 by Scholastic Inc.
All rights reserved. Published by Scholastic en español, an imprint of Scholastic Inc., *Publishers since 1920.*
SCHOLASTIC, SCHOLASTIC EN ESPAÑOL, and associated logos are
trademarks and/or registered trademarks of Scholastic Inc.

ISBN 0-439-76418-1

12 11 10 9 8 7 6 5 4 3 2 1   5 6 7 8 9 10/0

Printed in Singapore   46

First Spanish printing, October 2005

The text type was set in 13-point Perpetua. The display type was set in Gypsy Switch JF.
The artwork was created using colored pencils.
Book design by Marijka Kostiw and Alison Klapthor

A

MATTHEW SEAN RYAN

— P. M. R.

A JORGE,

POR SOSTENER MI MANO

— C. R.

Hace

mucho tiempo, cuando Alta y Baja California se extendían a lo largo de la costa del Pacífico, un misterioso pájaro se posó en la rama de un árbol de mezquite en el Valle de San Juan. Era Nacho, un pitacoche de porte majestuoso y plumaje espectacular de todos los colores del mundo, que siempre anunciaba el atardecer con su canto.

Desde su rama en lo alto del patio de la iglesia, Nacho dominaba todo el panorama. Acres y acres de campos se extendían hacia el sediento lecho de un río donde apenas corrían unas gotas de agua. El suelo estaba desierto, y hasta las hojas del árbol de mezquite hacían juego con el adobe de la Misión de San Juan Capistrano.

Nacho pensaba: "Qué lugar tan triste".

Todo parecía confundirse con el marrón que predominaba en el paisaje…

todo, menos Nacho.

Vanidoso, desplegaba sus plumas, se las alisaba y las esponjaba con el pico mientras esperaba que el día se apagara. Entonces, justo en el momento en que el sol cerraba sus ojos, Nacho anunciaba el fin del día con sus trinos que se esparcían como un viento misterioso:

"UU III EEEE, UUUU IIII OOOOOOO".

El pueblo entero acudía a admirar este ritual nocturno.

—Es un pájaro tan bonito y su canto tan estremecedor, que parece el canto de un espíritu del pasado —murmuró alguien.

—O de un profeta del futuro —aventuró otro.

Nacho sabía la verdad: él era el único pitacoche en miles de millas a la redonda y en cientos de años. Todos lo admiraban por su belleza, pero ¿de qué le servía, si no tenía con quién compartir su felicidad?

La actividad del patio de la iglesia era un cambio agradable para Nacho, que siempre andaba solo. Cuando observaba los preparativos para la Fiesta de San José, la gente empezó a hablar del regreso de las golondrinas. Mientras más oía hablar de ello, más intrigado estaba.

—Es un milagro —dijo un caballero—. Todos los años, los pajarillos cruzan las anchas aguas para llegar a este lugar, y siempre llegan el día de la Fiesta. Después, cuando los días se vuelven más cortos, parten nuevamente en busca de otros parajes, siempre juntos, ¡como una familia fantástica!

"¡Qué romántico!", pensaba Nacho.

Las golondrinas eran tan distintas de él... Eran pequeñas y fuertes, mientras que Nacho era grandote y apegado a la tierra, incapaz de volar largas distancias de un tirón. Las golondrinas eran como una gran familia que volaba y atravesaba los océanos, mientras que Nacho no tenía a nadie en el mundo.

Cada vez más interesado en los preparativos y contagiado por el entusiasmo de la gente, Nacho pensaba: "¿Cómo puedo ayudar? No tengo nada que ofrecer, excepto mi canción".

El día de la fiesta, Nacho se despertó con el repique de las campanas. La gente se agolpó en el patio y comenzó a señalar el cielo.

—¡Las golondrinas! —gritaban.

Una golondrina exploradora las precedía, y luego otra, seguidas de una bandada que surcaba el cielo. Llegaron durante toda la mañana, una tras otra, y bajaron en picada hasta posarse en los alféizares de las ventanas de la misión.

Una pequeña golondrina eligió el campanario de la capilla para hacer su nido. Se pasó todo el día yendo y viniendo desde el lecho del río, acarreando barro y pajitas en el pico. Cada vez que pasaba volando cerca de Nacho, le echaba una mirada.

Nacho pensaba: "¿Habrá notado mi espléndido plumaje? ¿O mi porte majestuoso? Es que soy realmente noble y colorido… ¿O quizás habrá notado mi patética soledad?".

Cuando la golondrina hizo su último viaje ese día, el sol se despidió y Nacho comenzó su arrullo vespertino.

Todas las golondrinas se inclinaron hacia delante para escuchar la hermosa serenata. La golondrina pequeña se posó en la vieja carreta y lo escuchó atentamente.

Cuando Nacho terminó su canción, se arrancó una pluma con el pico y voló hasta la carreta. Sabía muy bien que cada vez que perdía una de sus vistosas plumas, le crecía una gris en su lugar, pero a Nacho no le importaba. Cuando la golondrina la tomó con su pico, la pluma se convirtió, como por arte de magia, en un hibisco azul.

—¿Cómo te llamas? —le preguntó Nacho.

—Lolita —respondió ella, sonrojándose levemente.

"LOOO-LIIIII-TAAAA, LOOO-LIIIII-TAAAA"

—cantó Nacho, mientras el corazón se le llenaba de una nueva melodía.

Pasaron los días y Nacho estuvo muy ocupado entre las golondrinas, acarreando trocitos de barro y de hierbas secas para sus nidos, especialmente para el de Lolita.

Cuando pusieron huevos, Nacho los protegió con sus amplias alas, especialmente los de Lolita.

Cuando nacieron los pichones, buscó grillos, moscas y arañas para alimentarlos, especialmente a los de Lolita.

—Muchas gracias, Nacho —le dijo ella—. ¡Eres tan generoso! ¡Eres magnífico!

Nacho se hinchaba de orgullo y sentía en su corazón unas cosquillas tan cálidas como la brisa estival.

Todas las tardes, su canto resonaba en la Misión:

"LOOO-LIIIII-TAAAA, LOOO LIIIII TAAAA".

Lolita y sus pichones pasaron todo el verano con Nacho. Él estaba tan feliz con ellos y se sentía tan realizado que ni se acordaba de su vida antes de llegar a la Misión.

Juntos, Lolita y él, veían cómo los pichones crecían y aprendían a volar. A medida que los días se hacían más largos, se quedaban en los campos hasta el anochecer, buscando gusanos y mosquitas.

Hasta que un día de septiembre, la brisa fresca trajo un mensaje preocupante para las golondrinas.

—Muy pronto nos tendremos que ir —le dijo Lolita—. Y se rumorea que quizás no podamos regresar aquí, porque el lecho del río se está secando, y nosotras necesitamos barro para nuestros nidos. Sin flores no habrá insectos, ni nada para comer. Si el río no nos muestra el camino, quizás el año próximo no podamos encontrar este lugar.

Nacho se quedó sin respiración. Se había olvidado de que Lolita y los pichones tendrían que partir. Y ahora además, ¡quizás no regresarían!

—Quédate conmigo —le rogó.

—Aquí hace mucho frío en invierno; si no me voy, moriré. Ven tú conmigo —le pidió ella—. América del Sur te encantará: los ríos se desbordan en las praderas, los campos se llenan de flores… —dijo Lolita mirando hacia el océano, como si ansiara cruzarlo— y los atardeceres son del color de las papayas.

Nacho agachó la cabeza.

—No puedo volar tan lejos —dijo tristemente—; soy muy grande.

—Ya he hablado con las demás —dijo Lolita—, y tenemos una idea, si estás dispuesto a intentarlo.

Nacho siguió a Lolita a una ensenada aislada.

—Sujeta este palo con tus garras —dijo ella—, y vuela lo más lejos que puedas. Cuando te canses, deja caer el palo al agua y descansa sobre él hasta que te sientas fuerte para volver a volar.

Nacho hizo lo que Lolita le decía y, al poco rato, estaba flotando muy tranquilo sobre el agua mansa.

Practicó todos los días, hasta que una mañana de octubre, las golondrinas exploradoras partieron y las demás se prepararon para seguirlas.

¿Podría seguirlas realmente? Cuando lo pensaba, creía que podría volar hasta el fin del mundo.

Finalmente, llegó la hora de partir de la Misión. Nacho y Lolita se posaron en el borde del acantilado, mirando el vasto océano. Nacho agarró su rama con fuerza y siguió a Lolita. La brisa lo ayudó y voló tranquilamente sobre el mar abierto, pero después de recorrer una corta distancia se cansó, tiró la rama y bajó a descansar en ella tal como había practicado. Lolita siguió volando en círculos mientras lo esperaba.

Antes de que Nacho estuviera listo para levantar el vuelo, un fuerte oleaje lo hizo tambalear. Nacho intentó mantenerse a flote, chapoteando y luchando, pero comenzó a hundirse.

—¡Nacho! ¡Nacho! —gritó Lolita.

Él siguió hundiéndose bajo las grandes olas.

Unas mil golondrinas giraron, bajaron hasta donde estaba Nacho y lo remontaron hasta ponerlo a salvo.

Una vez en el acantilado, todavía jadeante, Nacho reconoció la triste realidad: un enorme pitacoche y una pequeña golondrina no estaban destinados a estar juntos.

—Vete —dijo Nacho—. Nos encontraremos en nuestros sueños.

Cuando Lolita se perdió en el horizonte, el corazón de Nacho se sintió tan seco como el suelo. Esa noche, mientras el sol se ocultaba, Nacho lloró su canción:

"LOOO-LIIIII-TAAAA, TEEE QUIEEEE ROOOO".

El invierno llegó con una densa neblina. Nacho montaba guardia en el árbol de mezquite y recordaba los tiempos vividos con su familia fantástica.

Se acordó de la primera vez que vio a Lolita y de la vez que le regaló su pluma de colores. Miró la pluma gris que había salido en su lugar y pensó: "Daría todas mis plumas si mi Lolita y las golondrinas regresaran". ¿Qué podría hacer para que eso sucediera?

Nacho volaba todos los días al campanario donde el hibisco crecía entre los nidos de barro, y aunque no tenía ni una flor, la enredadera se aferraba a la pared, igual que el recuerdo de Lolita se aferraba en el corazón de Nacho.

Cuando la primavera comenzó a asomarse en febrero, la enredadera se cubrió de pimpollos que prometían florecer. Y todo eso gracias a una sola pluma.

De pronto, a Nacho se le ocurrió una idea.

En marzo, la gente comenzó a prepararse para los festejos de San José, y Nacho también comenzó a prepararse.

Voló por los campos, se arrancó sus plumas amarillas y anaranjadas, y tan pronto las plantaba, florecían amapolas y flores de mostaza. Dejó una nube de plumas azules sobre el lecho del río que rebalsó, llenando los arroyuelos y los pantanos. También plantó plumas verdes que se convirtieron en palmeras y naranjos. Puso plumas en los arcos y en los balcones y salieron buganvillas.

Mientras trabajaba, Nacho se preguntaba si las golondrinas encontrarían el camino. Resuelto a ayudarlas, Nacho sembró sus plumas por doquier, hasta que toda la Misión irradiaba de esplendor.

No era posible que las golondrinas pasaran por alto este lugar, pues tenía todo lo que ellas buscaban.

Nacho había usado todas sus plumas, menos una.

Cuando comenzaron a repicar las campanas, Nacho miró al cielo para ver si divisaba a Lolita. Un millón de pensamientos se agolpaban en su mente. "¿Qué haré si no me reconoce? ¿Y si no le gusto ahora que estoy todo desplumado y feo?"

Nacho vio a las golondrinas exploradoras revoloteando enloquecidas de alegría alrededor de la misión. Fueron llegando una a una, seguidas de todas las demás. Nacho extendía su cuello hacia el cielo y esperaba.

Cuando finalmente Lolita encontró a Nacho en el árbol de mezquite, parecía como si hubieran estado juntos durante cientos de años y miles de millas.

—Ya no tengo mi plumaje de colores —dijo Nacho.

—Para mí, tú siempre serás el más bello —dijo ella.

Volaron juntos al lecho del río y recogieron barro y ramitas para hacer un nido.

Antes de que el día se apagara, Nacho se arrancó del ala su última pluma de colores y la arrojó hacia las nubes de poniente.

Y un minuto antes de que el sol cerrara sus ojos, Nacho anunció el final del día con su canto...

que se perdió en el cielo de color papaya.

NOTA DE LA AUTORA

Hace unos años, comencé a buscar el origen de un cuento sobre dos pájaros míticos, uno grande y otro pequeño, que se enamoran. No sabía dónde lo había oído primero. ¿Era uno de los cuentos que me contaba mi abuela? ¿O quizás lo leí de niña en algún libro? Busqué y releí viejos cuentos populares, pero ninguno coincidía con mis recuerdos. Finalmente, encontré un cuento llamado *A Tale of Love* en el libro *Mexican Folk Tales* de Anthony John Campos (University of Arizona Press). Como muchos de los cuentos tomados de la tradición oral, el escueto relato del Sr. Campos me parecía familiar, pero algunas partes diferían de la versión que yo record-aba. Sin embargo, había en él algo que me intrigaba: se refería al gran pájaro como pitacochi (también conocido como pitacoche, la pronunciación que yo escogí para mi libro), un término que yo no había oído jamás. Eso fue suficiente para motivarme a investigar a este pájaro singular.

Durante mi investigación descubrí que en la lengua maya "pich" es un pequeño pájaro que habita en la península de Yucatán. En la bandada, solo canta un pájaro a la vez. Quizás el pitacoche era un solista nato o un fanfarrón. En el imperio de los Incas, en Perú, hubo un cacique llamado Naymlap que tenía una corte de ocho guerreros, y uno de ellos, Pitazofi, cantaba y tocaba la trompeta. Quizás el pitacoche anunciaba algo, concluí. En lengua Nahuatl *pita* significa "soplar instrumentos de viento", y *cochi* significa "dormir". En español, la palabra más cercana es el verbo "pitar", que significa silbar. ¿Cantaba el pitacoche para arrullar al mundo?

Aproveché todas esas ideas y decidí hacer mi propia creación del pitacoche. El cuento y su argumento comenzaron a levantar vuelo en mi imaginación. Los nombres, Nacho y Lolita, los inventé yo, al igual que la idea de que Nacho tuviera todos los colores del mundo en su plumaje. Cuando necesité un recurso mágico para que Lolita volviera a encontrar a Nacho, elegí la transformación de las plumas en un magnífico esplendor para alertar a las golondrinas, similar a la antigua tradición de dejar velas en la ventana para guiar al ser amado. (¡Tenía que hacer que la novia de Nacho pudiera regresar a la antigua y romántica Misión!)

Construida en 1776-77, la sección de adobe de la Capilla Serra en la Misión de San Juan Capistrano es el edificio más antiguo en uso en California. Durante siglos, la Misión, construida entre dos ríos, fue el destino de miles de golondrinas que hacían allí sus nidos de barro. Cada año, en las vísperas del 19 de marzo, las golondrinas llegaban en bandadas desde Argentina, situada a unas 7.500 millas al sur, justo para la Fiesta de San José y los desfiles, acompañadas del repicar de las campanas. Actualmente, debido al desarrollo urbano y a la reducción de los insectos, las golondrinas se dispersan a otras partes del condado. Sin embargo, la llegada milagrosa de las golondrinas se conmemora como parte de la historia y motivo de orgullo en San Juan Capistrano.

Cuando terminé de escribir el cuento, le mencioné el término pitacoche al Sr. Armando Ramírez, un bibliotecario que le preguntó a su madre, una señora mexicana, acerca del pájaro. ¡Ella le dijo que el pájaro existía! Después de mi trabajo de investigación e interpretación, resultó que el Cuitlacoche común, también llamado pitacoche, es de la familia del sinsonte. ¿Tiene este pájaro común la historia exótica y los poderes mágicos que yo le atribuí a Nacho? Una parte de mi mente que quiere creer en el folklore, en la magia y en las historias de amor dice que sí. Ojalá que tú estés de acuerdo.